珞珈诗派

第二辑

李少君　陈作涛　主编

中国文联出版社

柔软的苹果枝

赵成帅

著

作者简介

赵成帅

1987 年生，
山东邹平人，
毕业于武汉大学中文系，
曾获樱花诗赛一等奖（2010），
作品散见诸种刊物。
现居北京。

目录

3. 建一座博物馆

后记

1.

压水井

压水井
——致希尼

在诗的井中你是引水，只舀一点
趁你从皮垫和井壁之间往下渗
带我返回深井——
我赶紧压下杆轴
黑皮垫摩擦干燥的锈井壁
"呼噜噜"汲上半桶空气——
我俯身、直腰，反复模仿这简单的技艺
一段沉稳而清晰的节奏
直到杆轴意外拉紧、坠沉下去
几乎要把我拉回那里——
忽然之间，井水就"哗哗"流出来
将我浸在不断返回的引水中

2010 年 5 月 30 日

重庆森林

在通往长江大桥的盘山公路上
落日是潮湿的，地球像个酒鬼
车里打着轻鼾
临街的棒棒，等待临时的情人
有一刻，世界很慢
——没有人听见什么
穿越那些明亮的隧道，是一种仪式
学习理解一颗枇杷
它完美的金色和尺度，如同
单行道上女司机的逆行
宇宙的奥妙就是——
那枚掉下悬崖的枇杷，与偶然相比
一切物理知识黯然失色——
她也皱了皱眉头，将整座山城
打包成一个滚落的矛盾

2017 年 5 月 25 日

蛇水

八月，我们只能回到井边，汲水
水泵一响，蛇皮管蜿蜒、慢条斯理

然后"倏倏"冲过来，决堤而起
你被卷进持久的清凉里

在逆时的涡流中，不断返回、变小
越来越安全——

但要撑住来自井水的负担——
饱满如烈日

一声呼喊，泥地晃动起来
父亲举起铁锹——蛇

正攀住水管往上爬
紫黑的蛇皮像是八月的葡萄

成熟的诱惑，就这样
夹杂着清凉和热切

每到夜晚，你在院子里用井水洗澡
都像有无尽的葡萄酒，从天施洗

2010 年 8 月 10 日

阔别

柔软的苹果枝
压水井

那一年，你放弃了很多
恋爱、嫉妒、卡带……
十四岁是一场干草场上的革命
长长的鼻子翕动着
天气变得剧烈
荣誉冒着白磷，聚集
谁都没有挪动一个脚步
那是一种绝对的姿势
在雨季来临前
拳头——怒气——开裂
心脏，像一个气球灌满了酒
你闭上眼睛，不知道去往哪里
十四岁的影子越来越晦涩
早晨上学，你收到了她的回信

2014 年 4 月 22 日

在影院

你在同一把椅子里坐下
就有人在周围站起离开
暗道里的风，把世界
吹成一座孤岛
浪花溅起，耳语变得渺远
现实与影片——一对分叉的情侣
一次次相遇，又有了一次次生活
是什么，让世界看起来很重？
整个银幕像要掉下来
有时候结局会很轻
一片鹅毛从水面浮起

2011 年 5 月 9 日

在理发店

门窗紧闭，你预设了一个敌人
蝴蝶也不能舞蹈
你乘坐自己的云梯升降徘徊
两面镜子里排满了无数面纸墙
你在其中找到唯一的自己
却一再陷入错误的池塘
每一个傍晚都有一只水壶
沉入耳鸣——
闭上眼睛，全是未知的世界和雨水
脑袋接受一次次洗礼，肥皂水
在欢快的手指舞中失去节奏
有人推门进来，山河破碎
时光一直绕着座椅修剪时光

2011 年 5 月 10 日

深夜逛

每走过一个路口，就有
一条坑坑洼洼的街道
摆出一把空椅子，你计划去的地方
一再被下一个站牌打断
你想跳舞，却像一个买菜的老人
游走在过去，店铺临街紧闭
每一辆熬夜的的士都像水汽开花
在两个路口之间，被雨
困住，楼房的卯榫摇曳出风湿
喊声像一架摇臂器
天空是一张溺水的大船，盛满纸人
你扮成孩子，又变作老人
不住地问：后来呢？
后来，人们在夜市上看蜃景
我们没有一次告别

2011 年 5 月 12 日

黄梅之夜遇布谷

（一）

飞进你的喙里

抽出时间的纺锤

沿着爬，向前或向后

（二）

你这可爱的小妇人

请把声音滴在我身上

穿出回声的洞

（三）

在洞里，我听见"我"

如你一再地重复"你"

石头在山上遇见了石头

（四）

你喉结闪烁出的节奏

是钢丝线上的舞者

上升的火焰

（五）

广播里镀金的声音，多么时尚

与上帝聊些什么呢

既然互不亏欠？

（六）

我曾迷恋语言

酒窖里的种子——神之子

指给我，镜中的肉

（七）

黄梅时节

一声声"布谷——布谷——"

像暴雨，倾泻在我背上

清点我亏欠的罪

2011 年 5 月

药铺

蝉蜕、铁苋、雷公藤……
屋子里十几个抽屉，散发着南方气味
外面站着活着的人，那是另一重秘密
没有人能说清
往左或往右，向前或向后
灌木林与往事之间
有什么本质的联系？
一些模糊的情绪在夏日开始缠绕
黄灯在太阳穴上跳动
人们一定经历了很多——
比如遇见女人腰间的水蛇
比如又一次回到这里
有时候，不幸仅仅是走错了一步

2012 年 5 月 1 日

雨停后

雨停后，弹弓装进口袋，溜出家
下雨前，邻居的旧屋墙塌了。将
脚尖瞄准天空，猫下腰一阶阶爬
弹弓跃上屋顶，我紧盯那一点亮

整个下午去抢占一座岛。一瞬间
鞋底打滑——跌倒、撑地，手腕
折断；牙齿咬住小舌面，嘴里面
涌出血。无人惊扰这盛开的秘密

好久，我无法品尝，也不能捉鸟
下雨，爸爸掘出一条小河，我从
这边迈过去、跳回来，一阵尖叫
天就黑下去，嘴巴里闪烁起星空

2009 年

咬到后来，溢出雪意

咬到后来，溢出雪意
对岸，你梨花满头，捣洗明月
杵声震石，惊下一枚脸红的扣子
小河涌起，一簇候鸟束紧蛮腰
穿过桥下的引孔
它不知道夏天有多深，直到
咬到核，那么多梨沙
嗓子一紧
吐出暗红的种子

2010 年 9 月 4 日

颁奖会

我所知道的是一间空屋子
大家坐在墙根等嘉宾开口点评

发起颁奖会的老师请了假
假条上写道：被狗或猫咬伤，遵医嘱按时休息

我想起小时候连着两个暑假被狗咬
二伯年前被咬伤，半夜睡在送货的路上

接过证书，握一握手——四年前
姐姐的手背被猫挠破，她用肥皂水洗了洗

屋子里闪光灯"哗"地响起，像姐姐手中的
那盆水，多年以后才泼掉——

打湿一个即将开始的、不存在的话题

2010 年 4 月 4 日

睡意侵入列车的腹部

睡意侵入列车的腹部
花朵拧出盐
我知道我就是饮尽整个夏天的蝉
歇于渴
一样，不住地
锁舌一般"铛铛"弹出声响
我以为那些杏仁裂开了清晰的缝
它却夹紧轨道
甩进更深的雾

2010 年 8 月 26 日

没有你的日子

他们都走了，带着各自的恋人
身后留下一条空楼道
誓言写在墙上
报纸停留着昨天的消息
回忆点点滴滴，堆成积雨云
那是成年以后一个沉默的夏天
你也走了，我下巴上的胡子
蝴蝶一样生长——

2011 年 8 月 26 日

捕鱼

十几年前，我捕过一次鱼
秋雨一过，河里生出无数鱼苗
两个男人站在岸边，裤脚沾满黄泥
阳光在河道里漫游，空气中飘着棉花的味道
一连几天，人们都在传言"河里有一条大鱼！"

顺着水草的方向，绿纱窗绑在一根竹竿上
明明看到了它的轮廓，伸到水里
却一次次地扑空——
有人说，搅浑河水，它就会呛得露出水面
也有人说，浑水指定将它呛跑

该站在哪一条线上呢？如果它永远警惕
从不跃出水面，我该如何辨认生存的真相
一切转折取决于偶然，它翕动着鳃
躺在渔网里，两根黪黑的长须左右摇摆
是什么指令，让它的尾巴反复拍打

那个下午弥漫在河面上
水汽轻盈又模糊——
它的到来，令我茫然失措

2010 年 3 月 17 日

小镇街心

柔软的苹果枝
压水井

在挤牛奶的早晨，果实成熟了
女人们都在穿衣、装扮
鱼群在树冠里穿游，你重新拉网
布局，沿着季节的河流散步
童年的时光，倒淌下来——
你羡慕一对爱人，躺在小镇薄薄的脸上
心脏靠着心脏
在花园中心，亲吻、呜咽
但你所熟悉的她，并没有到来
你回想起那次短途旅行
像是一个国王，在自己的门口
遇到了一场大雨

2011 年 5 月 8 日

在西湖的雨里

在西湖的雨里，你展开地图
给今晚找一个下榻地
你挪出一个路标说：
"它应该很旧了"
广告屏正在放映时代广告
那么多人，从上面进进出出
一出来，就掉进雨声里
幸亏你撑开伞
彩色的皮鞋与脚踝
陷进吴侬软语的水汽里
有一刻，世界像是耳语——
出租车飞过，司机按下喇叭
世界重新打开一张新地图

2010 年 5 月

从郊外返回武昌的路上

从郊外返回武昌的路上，我看见
傍晚出浴模样——

车里人烟稀少，空气新鲜醉人
像被老井水淋洒过的小白菜
在被寄往城里之前

老发动机"呜突突"地
在田野随意打包的公路上，伴着
回家农人疲倦的喘息

上来一位，坐下，欠身，调整
他手里的提包缺了一个口子——
摘下安全帽，徒手蹭蹭皮鞋上的泥土
宣告这一天结束

这简短的仪式
是他今天最轻松的消遣方式

他的目光望向窗外
搜寻什么？
卷浪小跑的稻田，或者

趔趄二十度的水泥电杆

车子靠近城市，司机
开始在盘山路上绕行
满车的武汉口音，混合着发动机的轰鸣
以及江面上飘来的水汽

一个急转弯，所有的错愕
被甩向窗外
天已黑如树荫里的蝉翼
有人正消磨完这沉闷的夏日

2008 年 5 月

木匠院

院子里，常年放着一条长凳
凳子一头钉着一块铁皮齿
另一头，他正弓着膀子
刨一根落叶松木

刀刃似闪电，沿着细腻的年轮
"噌噌噌"——刨花从腰间落下来
他停下，闭起一只眼
顺着木头看去，埋头、重复

有时候，倒真像个音乐指挥家
耳后的铅笔是指挥棒吗？
有时候，他取下来勾勾画画
又像是一个连长，在地图上演练攻防

整个下午，院子里"叮叮当当"
直到星辰挂满天空
地上那些白色的刨花
成了记忆里夜行的路标

2010 年 3 月 25 日

告别诗

八十年代的天空，伸出弯曲的脖子
在破败的楼群里
觅食、垂钓、照影——
像是暴雨前炎热的夏天

敞开了窗子，却又绝口不提
一个乏爱的乌托邦——
我的梦遗带来了什么？

从散伙的集市上
我捡回小贩遗弃的瓜皮
也算初尝了做贼的慌张
我记得父亲羞红的脸
像结婚多年的瓷盆，肿胀起来的人影

生活在三棱镜里打转
我是哪一枚彩纸——失望、迷恋
又过早地渴望云雨
这颗胃，被晚餐一再掏空
却像童年的铁屑，不觉饥饿

那时候，姐姐经常陪伴我

坐在马路边守着藤筐——
西红柿、甜瓜、油菜
马车夫、拾粪的疯子、骑自行车卖冰棍的男人
还有呼啸的警报器

姐姐十四岁的脸，已经学会了羞涩
我问过她——
"等我长大了叫你什么？"
"叫我姐姐啊！"
"我长了胡子呢？"

"姐姐！"
"等我当了警察呢？"
"还是姐姐！"
她举起秤杆，拨弄秤砣
像梳理风中凌乱的头发，一样自由

父母对我们唯一的戒律是：不许自己吃
有时候，她也教我辨认钱——
黄色的、红色的，打开锁膛
品尝着时光的秘密、必然和空虚
后来，我追认那就是我的童年

还有一次，我看到一位父亲翻了车
车轮在柴堆里凭空地转
二十年后，我才体会到那种滋味

压扁的、裂口的，像弹片击中的盘子
焦急的生活就是恒久的生活
那是我们唯一的短裤：至死不渝

这好比家里的那棵枣树
终究结不下一个枣
我们自始至终也没活出一个年代

因为上学，父亲给我打制过一块黑板
我却被机器咬黑了拇指
那种剧痛，是为了急切的自由——
本以为革了自己的命，就是春天
结局却是空地——
我用更黑的手指，在黑板上背叛着父亲

我曾经将上学的铅笔藏在奶奶的床头柜里
以为那里最安全
却依然没有逃过老师的惩罚
额头撞击窗台的场景，酷似小鸡啄米
而窗外是向上疯长的茅草和烈日

后来，我试图勾勒那种荒芜和疲倦
涌来的是连绵的小红花和口哨
以及记忆组成的新防线——
在北方焦躁的晌午，在明亮的河水里
童年就像谎言，漂移向过去

无数次，我以这种蹩脚的方式成长
就像在菜园里，错将氨水比井水
那种猛烈的气味，足以将我顶向未来
如果那天，我真的趔趄，并且失去平衡
我就不必那么快地面对人群——
报告、恋爱和追打，大汗淋漓

如今，我渴望在诗中找回自己
却捡到一块紧张而发涩的燧石

2011 年 4 月

2.

涅瓦河，涅瓦河

阿辽沙，阿辽沙

阿辽沙，那只天鹅从我的心湖飞走了
秋天好远，野雁没有尽头

舌头是苦的，像八月的砂石——
打磨天空滚烫的墨水

天鹅飞走了，李子在脚下腐烂
可是玫瑰开了，阿辽沙——

我在森林里迷了路
像蒙眼的种马，蹄子受了重创

阿辽沙，这些人世的咒语，像暴风雪
可是来自你的爱的意志

还是我无尽的怯懦与恐惧？
你看一看，苦恼像冰川一样牢固

它是怎样变成了涅瓦河——
这胆汁的誓言！

阿辽沙，究竟哪一个是"我"？

你为何不顾——我一个人
在人群中无限地坠落

注：阿辽沙为陀思妥耶夫斯基长篇小说《卡拉马佐夫
兄弟》中的人物。

2011 年 7 月

索尼娅，索尼娅

索尼娅，你坐在火盆旁
像是金子的规定，对我沉默不语

门外的大雾里，松节油口吃
如你的炉火噼啪，在皇宫里舞蹈

鸽群从手风琴里飞出，雨水般铺满爱情
可是我焦灼的脾气，如同干枯的艾草

在命运的大街上缠绕——

索尼娅，我的心开满绿色的花蕾
整个秋天的花园，也为你悬挂

可是你为何不肯留下地址？
你若是坠落的天使

为何不顾——
涅瓦河在我的心胸上画牢

索尼娅，你倒是抓住我、提起我
哪怕你无情地捶打我——

2011 年 8 月 26 日—9 月 1 日

颂
——给可颂

你醒来
你无端地哭和笑
你让世界变得敏感
这一切, 都是我最新的学问
你拿起橡皮泥, 希望捏一个不倒翁
把它放到地球的另一端——
跟它生气了吗?
不, 仅仅是去世界旅行
你分不清国家、省、市, 我也不知道
怎样向你解释地球是圆的
我们常常四目相对, 束手无策
你吹牛什么都学得很好
比如游泳, 是趴在地毯上乱舞
画画, 是往宣纸上狂甩墨色
芭蕾, 你也说不清自己哪里好
你不在意太阳东升西落
有一年, 你的体重毫无增减
我取笑你变成一道闪电, 你又开始
无端咯咯地笑——
你比我勇敢, 对世界没有意见
有一天你迷上艾莎公主, 在二月

提出穿上新裙子

我才意识到——你一直在环游世界

柔软的苹果枝
涅瓦河，涅瓦河

2022 年 3 月 16 日

"我要"

"我要"，如果你呼喊
我知道——

这可怜的美
不是来自身体，是勇气

换成我，也许会胆怯得更多
为了柔软的苹果枝

为了向下的马尾
为了泪珠轻坠

——全部在生长

不只是战栗

不只是雪
也不只是，一种偶然

——这世上，唯有那唯一的
肯愿抬头，引领我们返回

2018 年 4 月

忏悔诗

柔软的苹果枝
涅瓦河, 涅瓦河

怎样的蒸云驱动你
群山野牛一般在眼睑上移动
船坞推开了，尽是迟到的爱人
在着火的心胸上画圆

那些被废弃的树枝、钢琴、油脂
是新来的信使——
为何还不能原谅？

世人拿你毫无办法
大飞机降落
螺旋桨的弧线张满了无穷
可是关于爱，你究竟掌握了多少？

2014 年 3 月 3 日

诗的毒怨

写一首诗不宜时间拖得太久
否则，很容易成为病诗

有些时候，你得学会抵押灵感
因为，不可靠的滋味常常让舌头生出青苔

写诗不过是一门手艺
在拉拉杂杂的生活面前，常常显得无能

而无能教会人成长
更多时候，你应该相信庸常

不要学城市的执法者
头上顶着警报器，闪烁着语言的毒怨

也不要为此感到伤心
如果不是出于偶尔的羞愧
写诗还有何困难可言？

2017 年 3 月

你的赞美，我的鹰

你的赞美，我的鹰，替我们瞭望到的
是你的眉头在春天里开出的玉兰花
是我的矮马拉着棉花驶在我身上
是你写在掌心里寄给我的长长的信
是邮差，昨天刚刚出发

一只喜鹊追赶另一只喜鹊
沸腾的枝丫里，你看见第二个春天在形成
呵！醉醺醺的晚风
我感到整个天空不够，我的心脏
在熊熊燃烧，篝火排练起诗的纵队

2010 年 10 月 31 日

七夜

第一夜

我们沿着山腰逆行，为了

离开一场大雪

我们数着时间，为了不被

关在门外

我们借着彼此的哈气

温暖一段两小时的假期

又在路人的嘲笑中沉默

我们从家庭谈到家庭

谈起心头的人

谈到一个苹果的沉默——

已经是很多年以后

唯独不谈自己

第二夜

垂着双肩，你从我面前走过

你裹紧的大衣里，响着

空荡荡的铃声

你走进荒凉的人群，突然站住

（一阵风，吹开了你的衣角）

谁也不能责怪你

口袋里遗落的戒指——
仍有一阵风，吹开了青春的裙子
太阳，在什么时候
犯下了雨水的错误？
（我们重新回到了沉默时刻）

第三夜
我们之间的河流
终于松动了一颗牙齿
风练习吻你的时候
秋天正爬上山岗
你头顶的光，多么不合时宜
美艳而脆弱，不可修饰——

我们尝遍了山野的橘子
也没有写出一个故事
我们抱在一起，也没有
穿越皮肤的红墙
我们许诺
听到鸟声时，就牵手回去

第四夜
肩胛骨再凸出一点，好让我
感受到你
这野兽的时光——

你是对的
一座废弃的花园也是对的

十个木桩围成了墙
隔着辽远放牧星星

你是对的
你用发亮的嘴唇翻译我
爱情不是选择

第五夜
我看见，为你垂钓的雪山
摇摇欲坠

你，还是梦里的那个孩子
踩着两只金色的鞋，走在旋梯上
那是我犯下的金色错误

你说起爱过的一个个笨蛋
"长时间沉默以后开始说话了"

第六夜
是不是一直在骗我？
真的。
真的不爱？
不是。

你还爱?
我们太熟悉了。
你不爱。
戏已太晚
(一只旋转木马
上足了劲，但已筋疲力尽)

一个姑娘在散伙的街道上咯咯大笑
像刚刚经历了
十二次发育和枯萎

这世间，最美好的莫过于荒唐事
它们都已来临!

第七夜
突然，我感到牛群骚动了
甜蜜又可怕
我像是踏入了爱情

舌头在打雷
如果草原意味着幸福
生活即是反刍

活着，何尝不是练习?

2011 年 8 月

寄罗马书

云架桥里的空楼是命运出发的码头
正如你所离开的——

床头摆满了秋刀鱼，为生活空出的长椅
是马戏团里金色的吊弦

醉倒的
大雁荒凉的心

我的梦里，一千只哑铃在奔跑
一千棵花椒树

殷红的穹庐
殷红的野兽

马蹄营里着凉的友人
迎着长江大桥的银索

你，一定要回来
看高山展览秋天的苹果园

注：云架桥、马蹄营均为武昌街道名。

2012 年 5 月

秋天小了

秋天小了，河流小了
我们身体里的铁，小了
乌云上涨的时候
用我的船运你的水
山坳是个瘸子
滚落的橡果是母亲的眼
树上的橘子返求它的云
云，求干水里的影子
秋天小了，河流小了
在秋天——
人间有了一大片阴凉

2010 年 11 月

龙与十字架

"在宫里，老子忙得
快把上帝老儿忘记了"
当你这么说的时候，人们
差点忘记你是一个意大利人

沿着利玛窦的道路，你来到中国
游走在宫廷画师和传教士之间
你侍奉过康熙、雍正、乾隆三代皇帝
你学习满语和汉语，甚至
主持设计了圆明园的十二兽首

你带来了透视法，测量这个臃肿的帝国
你见过它的宽容与傲慢——
一种东方的帝王术
你刻画出满族皇帝的十个分身
帝王、菩萨、诗人、军事家、画家、收藏家……
——"普天之下，莫非王土"

你被特许深入后宫、御花园
描绘他的十二位后妃
你已经敏感地把握了审美与政治的平衡木
你往返在紫禁城的多棱镜里

在改造与被改造之间，搜索身份

最后，乾隆御赐你墓地和墓志铭

哦，皇帝、贵妃、传教士

这是荣耀，这是博弈——

背面写着一个世纪隐喻：龙与十字架

2021 年 10 月

从黎明前

从黎明前，鸽群飞向我
我和你，走向山腰的深处

什么时候，我们学会了谦逊
在世界的弯曲处，练习拥抱

从一个姑娘的睫毛开始
精确，似一张惊弓的闪回

2011 年 1 月 6 日

你站在那里就是一场大雪
——有感多多朗诵

你站在那里就是一场大雪，
温暖地，覆盖——
你头顶的每一块天空被取走
——北京、阿姆斯特丹、海南，
北京——大雪积成的你啊，
唯有白发的、灼热的——

你朗诵——
拉长的"阿姆斯特丹"像一条暴涨的河流
燃烧你颤抖的身体
燃烧身体里流不动的冬天和故国疯长的春天！
而坚硬的石头般的嘴——
你从哪里获得这样的气息：
明天一定会下雪，一定！

2010 年 10 月 7 日

赐给我，狂野的星空

你看一看我，哪怕像黑夜
眼睛有没有撒谎？

树冠曾经这样盛大，白磷喂养它？
我耳聋，什么也听不见

但，肯愿你收容我——
像雪款待一根枯木

将它打进黑泥里
而后，迎接春天

赐给我，狂野的星空

2010 年 9 月 23 日

就必须走完一条街道

就必须走完一条街道
就必须大风起

就必须，亲吻一排牛头
就必须听

雪与雪——
轻轻，坠落两次！

就必须找到那个女孩
就必须，在白露时分手

就必须站在原地，等待
时间采集无花果

就必须——

就必须，为两个女孩歌唱
在早晨为她们梳妆

就必须赞美——墨水
在天空任何位置，书写！

就必须——

回到她临行前的月台
念一首皱巴巴的诗——

那会儿，我们多么年轻
嘴唇任凭词语汇淌！

2011 年 7 月—8 月

获得什么？面临什么？
在不断下沉的耳垂中——

就让枯萎
说出一切

在她
唯一的黑发里

说，她身上折返的光
说，她脸颊上的红云
说，春天漂移的盐池

然后说鲜花
耳廓就更紧

说天使
火苗就更旺

说到母亲

认出那唯一的——

生活!

2011 年 3 月 10 日

没有一日不是今天

没有一日不是今天
浓血和瘦痰

没有一日不是今天
枣子正饥饿它的树

没有一日不是今天
北风夯平北方跪出的坑。

没有一日不是今天！

没有人不是你
没有人是你

没有人为了一口井而渴
没有人为了火而冷
没有人为了一把犁而疼痛

没有一日不是今天！

没有一个馒头尝过祭坛
没有一个瞎子看见昨天

没有一个巴掌道说艰难

没有一日不是今天!

今天!
是翅膀在廊檐下浅蓝的颤动
是绿林中间父亲在盲目游荡
是月亮——餐桌上的一口痰!

今天!
驴子跪地求一张床
银子开花遇见母亲
生活如果意味着选择

没有一日不是今天——
再没有一日不是今天!

2010 年 10 月 10 日

今夜，我拒绝

今夜，我拒绝。
我拒绝以我的脚站起。
我拒绝坐在我的腿上。

我拒绝睁眼说话。
我拒绝缩舌沉默。
我只拒绝。

我拒绝品尝。
我拒绝耕种我的胃。

我拒绝我是。
我拒绝我不。

一个秋天的果园
足够我拒绝。

一片晨雾中的香草
不够我拒绝。

我拒绝你
拒绝我——

拒绝我们之间。

一切！

冬天，候鸟编织树冠的喉

盐冰天空的粉唇

水淹月亮。

一切！

这些苦的、无法发出声响的

到将来，还不够干脆！

2010 年 11 月 2 日

醒来

（一）

说不出的水稻
说不出的光涌

（二）

一个秋天速朽的时候
说不出的是速朽

（三）

说不出的牛奶洗过牛奶
说不出的河流淌过河流

（四）

雪崩中捂不住的眼
说不出

马槽里发酵的马头
说不出

河床淹死的它的鱼
说不出

（五）

说不出的，说不出——
你带着绿色的面具，说不出
我嘴里软弱的麦子，说不出

（六）

一个女孩，在晚风的钟声中
等待她的父亲
一个父亲，在落日的泳池边
重新醒来

（七）

世界，依旧是
说不出的水稻
说不出的光涌

2010 年 11 月

咏叹调

一

不，终日不停的水流
因为树梢空洞的眼睛

因为鸦雀无声的玻璃窗
因为无所不在的推手

因为一切——
够到了天空的金丝雀

被野人扔掉的巨大钢琴
就摆放在餐桌上

只等海水涨落，月亮满身泥水
我们之间，应该有一艘船

傻傻地照耀着你，我的姑娘
它应该划向你，而不是云彩的胃

可是姑娘，你头发中垒起的花园
为何，成了我心上的大转盘

二

这生活，飞翔的机器、大石头
成群的地下室，没有来自白昼的指令

一切来自腐烂的夏天
来自腐烂的砧板

偶尔也会有，菜刀上
耀眼的霞光

如同高山上飞来的信使——
坠落在我们必然的头脑中

三

我愿意撞上墙，让砖石灌满身体
脑门上凸起的筋，像一根荆棘
刺痛我们谈话中，可爱的斗兽场

你们要一起鞭打我，温柔地、狠狠地

四

秋日的篱笆在你眼里着了火
让她哭泣、让她看

博物馆里的名画，新婚的夫妻
飞舞的暂住证，贫穷的街头影像——

让她看——
我的债，我的枷锁
我的富有，我的稻草

我的姑娘，我的中心
我的边界，我的双亲

我所有的——硕果累累！
唯独脑海里，盛不下一个狼窝

五

我恨一棵树，我恨它的贫穷
我恨它金色的絮絮叨叨

我恨，在树根够不到的地方
飘落的粉色舌头

我恨火焰，
因中毒而发酵

我恨味蕾，敏感如风帆
我恨折断的竖琴，依然奏响海潮

我恨活着，全身枯萎的藤蔓——
命运精致的迷宫

六

我在说些什么？
尽是甜言蜜语、醉醺醺的咒骂
像一个落魄的斗士，丢脸

难道还有比生活更幸福的事情？

七

蛇蝎翻落，粮仓直立行走在荒地上
如同生肉在行走

白杨林中，飞起"蓁蓁"刀声
织成沸腾的山脊

涂满蜜蜡的脸，望着秋天
饮下丰收的毒酒

在天幕的秩序中
桃花潦倒又无言——

八

蓝色港湾，不可思议的暴风雪
陆战队、修花匠、外交部肿胀的水心

以欢乐的手掌捧出绿色之胃
犹如橘子堆起的山头

"我爱你"如船桨，划不动喉中的鱼头
桨心劈开的水面，冷艳又结实

这不可吼叫的滋味，像一棵永不成熟的麦子
围困在泥土中

任凭你说：金石是不死的馒头
积雪烧成金波！

九

你要跳，为了泅渡！
你要跪，为了解决！

沙场醉了，一千颗肉心在跳动
亲近所有为自己哭泣的人

决斗的马儿，用眼睛审判我、切割我
尾巴中升起的盐湖，埋葬我

十

谁能审判我？谁就能拯救我——
整洁的野人穿行在街市上

一个声音告诉我：
今天，要甘做罪的苦役犯

3.

建一座博物馆

齐白石

你，十足的吝啬鬼
招待远方客人，总是
端出一碟生虫子的花生米
其实"虫与草"
是你出的一道题
但是没有人解出过答案
真而妙，妙且真
哎，你是多么寂寞
你挑灯画了一册工虫
可惜没有一只应声
哎，你又多么骄傲——
就叫它"可惜无声"吧！

2021 年 12 月

张大千

070

你发明了一种瞬时语言
泼——在宣纸上爆破
太平洋的季风，吹到台北
你闻见巴蜀送来一阵凉意
彩墨氤氲
下在"大风堂"
你胸中有傲气，亦有丘壑
二十岁出川闯荡江湖
从石涛出发
行至印度、巴西、阿根廷
扛着笔墨一路"血战古人"
如果你纵身一跃
宋元、大都会又如何？
青山无改，远黛常在

2021 年 12 月

王希孟

十八岁是什么概念呢？
恨不能让全世界都看到
才华如荷尔蒙爆棚——
范宽用高远画下了溪山行旅
王蒙用深远画下了青卞隐居
倪瓒用平远画下了渔庄秋霁
但是十八岁的少年，却说
我都要——
你搜尽天下奇峰打出一份草稿
站在山脚望去
山峦似雄风，一个巨人横在眼前
疯长的树林、错落的亭屋、白衣隐士
披麻皴、斧劈皴算得了什么？
你不理会文人引以为傲的笔墨
用尽加法，挥霍重彩，不计得失
十八岁是石青、石绿的交响乐
你拍拍胸脯，给千里江山层层提亮
旷世、生猛、无畏
你之后，再也没有人敢这样做
人生是否应该在最精彩的时刻落幕？
十八岁，世界还有什么秘密呢？

2021 年 12 月

安迪·沃霍尔

"我的画面就是它全部的含义
没有另一种含义在表面之下"
正如你二十年吃着相同的早餐
坎贝尔汤罐头——
一瓶接一瓶，只是复制
你让每个少年拥有了玛丽莲·梦露
让白宫里的可口可乐与拳王手中的一样好
你发现了：一个复数时代——
你组织起平民与消费的派对
你宣布：自由是不神秘
那么，民主有奥义吗？
很多年，你被同样的问题害得很惨
其实记者完全可以问：那又怎样
"那又怎样"是你最喜欢说的话
一个早晨，你死在了八十年代
人们依然穿梭在你的派对里

2021 年 12 月

"艺术有责任吗？
如果人活在世上都要尽责任"
你内心深处的英雄情结
在一次飞机坠落的螺旋桨弧线中
获得了共鸣——
油脂、毛毡
你从鞑靼人的农场上醒来
不亚于一次复活
你开始相信
"这个世界上帮助我们的有很多
不只是人"——
你开始扮演巫师
重新组织社会阵线
你相信艺术，将制造新的奇迹
你相信人人都是艺术家
你宣告艺术没有秘密可言
那些死去的兔子、蜂蜜、金箔
被废弃的树枝
迟迟不能被原谅——
"我走到哪里，哪里就是美院"
哦，你举起和平与爱的旗帜
又一次给世界带来了可怕的魅力

2021 年 12 月

吴彬

你是宣纸上丢下的一块灵璧石
片片高峙，像栖霞山上堆叠的云
墨气，落在山头
十棵树种的森林醒来，十种奇异火焰

你撑着小舟出唐脱宋
不断向东寻找身份
水墨的法度，在你腕底无遮无拦
这是四百年前的晚明吗？

后来，人们偶然谈起它
逐渐理解了近乎病态的"异"
却停留于它的丰富与超前

你也没有骄傲
那块十面灵璧石，只是
你的眼耳鼻舌身口意
带你行走在大千一瞬

你什么也没有说——
空是变化，直到
石头确认了身份，如隐如佛

2022 年 1 月

什么是天，什么是地
戈壁淋漓的一刹那
一切都分不清了
裙子是线的加速度
山腰轻轻一抖
雪落在塔吉克女孩的脖颈上
男孩们在草地上迷了路
她的眼窝里，有浓黑的秘密
偶尔，远处响起一阵马蹄声
时轻时重，那是
库尔班大叔在赶路
风雪中，他也想搞清楚——
春风是什么，爱情是什么？

2022 年 1 月

盐田千春

线，无穷的红线
编织船只、鞋子和冰箱
这该死的生活
你漂泊得越远，越多的故乡
涌到你身边——
你想到达一个地方
却开始重新审视夏天
那时你还是个孩子，在京都
陪着母亲去祖母的坟地
拔除杂草……
你忽然听到祖母的呼吸
后来，你把知了装进旅行箱
带到更远的地方
此起彼伏的声音，在你脸前
缠绕、散落
你感到了一种困倦——
"我无法画出一幅抽象画
我的眼中只有滚烫的红色"

2022 年 1 月

达明·赫斯特

会载入历史吗？
围绕你的，是蝴蝶发出的争议
羽翼轻轻一颤
鲨鱼跃出太平洋
没人阻挡福尔马林的热情
钻石只是一种排列组合
边缘镶嵌着偶然，世界有必然吗？
如果死亡，是一味绕不开的致幻剂
那么美，就是神秘与秩序的私生子
而信仰，是什么？

2022 年 2 月

杜尚

大玻璃，是个雌雄同体的狂热分子
它的声线极窄
它的风流事分布在碎裂的缝隙里
你说"这很完美"，应该收集第一手资料
你抹去了博物馆厕所里的蛛丝马迹
抹去了自己的法语名字
你扮演成一个女人
瀑布是你掉在楼梯上的胡子
你过于早熟，洞察了世界的秘密——
活着就是永不重复！
不重复，有意义吗？
你头也没抬，说"见鬼去吧"！

2022 年 2 月

八大山人

你藏头露尾，隐埋姓名
你的内心深处，飞过一只鸬鹚
你的身体，听命于一根分叉的树枝
影子，"叭"的一声爆开了

你哭之笑之，自叹墨点无多
你的关节里有一条鱼游过
你想起亲人，似有豹子蹿过丛林

两只耳朵日渐衰弱，终于平行了
你也笑了笑，"山河仍是旧山河"

2022 年 2 月

黑云翻墨

床上是脏旧的被褥

你的梦被葡萄染过，四肢浮肿

窗外是夏天的野藤和兰草

你听说过，线条是有灵的

它的生长是铅锤的，也是弯曲的

更多时候是沸腾的

螃蟹举着钳子，爬过一串枯草

世界的晌午卷来一阵干燥

你梦见过爆炸，那一回

石榴突然熟了，暴雨像野魂泼下来

你把门轻轻关上

摇摇晃晃睡在了破床上

2022 年 2 月

培根

镜子弯曲了，教皇裹着长袍
褶子里飞出一阵尖叫
你在那张脸上涂抹、挖洞、打太极
都柏林的夜晚是小心而模糊的
你路过屠宰场和肉
被那里散发出的腥味吸引着
三只秃鹫盘旋，刮过一股咸味的气流
像是笼罩在耶稣头顶的光圈
肌肉，是苦的
你拼尽力量，画出一只铁笼
因为它纤细的腿
世界感到了一种脆弱

2022 年 2 月

马克·罗斯科

玫瑰红上的黄色、粉红以及淡紫色

绿色和栗色

两三个矩形排列着，彼此笼罩、渗透

钟摆，伸出舌头

一根过敏的神经中枢

你认真消磨内心的安宁

世界很薄，依赖物与物之间

矮小的平衡木

有什么是永恒吗？

你创造了直接的交流

枝丫被柔和的情绪包裹着

骨节里释出黑色的狂喜

2022 年 2 月

杰夫·昆斯

柔软的苹果枝
建一座博物馆

厌恶！有多少人赤裸裸地厌恶你
就有多少人疯狂地迷恋你
三十岁，你洞悉了这个秘密
壮壮胆子走进华尔街的证券大楼
四十年前，你比任何头脑和血液
都对金钱更敏感
作为失败者，你从写字楼里出来
成为艺术家，同时也是一名谈判家
叫板！你走在街头不可抑制的恋物风里
对着一种叫"美学"的东西甩鼻涕
你终于感受到了上市敲钟前的紧张和刺激
那里飞起一只不锈钢"气球狗"
或者随便怎样悬浮的篮球
总之，你发现世界是一种圆圆的、光滑的东西
你创造了"超有机天堂"
或者说你发明了一种游戏——
"所有东西都是被接纳的
所有东西都在游戏里
每个人可以用任何东西"
你宣告：每个人都有同样的力量
二十年前那些记者骂你"庸俗"

今天，你已经学会了与之相处

你称他们是"自我赋权"的人

2022 年 2 月

大卫·霍克尼

客厅、浴室、花草都不重要了

性别也不重要了

当你站在泳池边的那一刻

像一个少年望着池底变形的脸

你一定曾经害羞过

那是夏天里的英国派对

蜂巢往下坠

年轻的男女做着亲昵的动作

那一刻，你背叛了自己

十一岁，你知道自己会成为一名艺术家

你举着相机，给泳池里晃动的波纹拍照

浓郁、模糊，不易捕捉

你嗅到空气的纯洁

淡蓝的水花溅起在空中——

你感到一种明艳和暧昧

什么？——如果——这足够了

2022 年 2 月

从王到僧——
历史的隐痛往往在一刹那
该以什么样的姿势
重新融入世界?
人们散去的时候
野树、苔藓也散了
"法"是什么? "变"是什么?
语言在你的心头闪烁
像一面羊皮鼓,在夏天的
峡谷中漂流了很远
起初,鲜有人向它致意

2022 年 3 月

我想象那是一次远行的回程
绵密的雨点击打着山峦
你的身后，扑闪过一只喜鹊
松果、瀑布、屋舍，世界
都在它深邃的喙之中
里面有一种密密麻麻
里面有一种险峻
里面全部都是声东击西——
你差一点被它取代了
当喜鹊弯曲的细脚趾，在天空
再一次交叉时
你果断出击
给世界找回了一个转折

2022 年 3 月

黄宾虹

这是墨的哀歌
黑与白的耳语
墨与墨的较量

是时间的迟到
水与木的遭遇
黑与黑的抵抗

也是线的绝唱
是悬停、降落
是闪回、隐身

你的双目几乎已经失明
漆黑的墨团中天宽地广
而你，对一切视而不见

2022 年 3 月

乔治·莫兰迪

最后的苹果落下了
你歪着头望向窗外
桌上是一些沉默的东西
只有你知道罐子是罐子，树是树……
没有什么比你所看到的
更抽象、更不真实了
美，原来只是一阵混乱与无知的痉挛
这些微薄的真理，曾经
吸引多少年轻人全力以赴
永恒意味着超越时间吗？
如今，它们之间的联系早已模糊
你身后的窗帘，落满了灰尘
椅子，一丝也没有挪动

2022 年 3 月

后记

这六十首诗写于 2007—2022 年，15 年时间写得不多，有部分不算坏，有部分差强人意。总体上，还能对得起自己的"文学良心"。

它记录了我自珞珈山求学以来、20 岁以后的成长轨迹。我始终认为诗歌毫无神秘可言，但不得不承认它对于我既是审美生活，也是道德生活——有时候它是一种徘徊的低语，来自隐藏在我身上的那喀索斯般的不安、脆弱与沉醉；有时候它来自对信仰与爱的犹疑、失落和渴望，通常伴随着无穷的青春荷尔蒙以及"左派氢气"。

我的青年经验比同龄人开始得晚一些，也延迟得久一些。这种"双子星座"般的东西总是交替出现在我身上，或此或彼来回跳跃、往复；选入诗集的诗，共同编织了这段历史，我打乱了具体的写作时间顺序，将它们重组，算是对个人心灵时间重新进行的编码。每一辑都是一个"我"的显形，尤其前两辑都以一首长诗收尾，以期对那个"我"做出交代与告别。

辑一"压水井"受启于我钟爱的爱尔兰诗人谢默斯·希尼，他总能在爱尔兰乡村的泥土中翻出晶晶闪耀之物，然后借助它们之间微弱的联系建立某种日常生活的伦理秩序，里面饱含深深的宽容与理解。从另一个意义上说，那些逝去的东西也来自我的家乡与童年——我还未长大的部分停留在那里，我借助诗歌不断返回——那些模糊的气味、声音、物什，那些缓慢的生长给予我极大的力量。

辑二"阿辽沙，阿辽沙"是我身体里的另一个部分，我在俄罗斯文学尤其是陀思妥耶夫斯基那里找到了它——它链接了我的童年与未来。它是一个青年"在森林里迷了路"，在怀疑与激辩的泥潭中迸发出的"高声部"，是在信仰与爱的虚无之中发出的呼告——也是最软弱的祈求。"一粒麦子不落在地里死了，仍旧是一粒；若是死了，就结出许多子粒来"，写完《咏叹调》的若干年以后，我才理解了这句话"死而复生"的意义。

辑三"建一座博物馆"是一批近作，我在工作中有幸亲历了艺术史上的许多名家名作，我惊叹于他们在历史进程中超群的创造力，他们中的大多数作为时代的"异人"，影响了艺术史的重重转折。更重要的是，我沿着他们的道路，逐步理解"传统与创造""个人与历史"。艺术品收藏是极为奢侈之事，我以这些大艺术家为题，虚构了一座私人博物馆，享受着来自不同经纬、不同时间的文明的滋养。

最后，诗集的名字《柔软的苹果枝》，不仅因为我出生在山东，小时候可吃的水果——除了苹果还是苹果，更因为这个意象承担了我精神生活中最紧张与最轻盈的那一部分。或许，诗歌对于我而言，就是一条"柔软的苹果枝"。

赵成帅

2022 年 3 月 15 日于北京